CUARENTENAS

CUARENTENAS

SEGUNDA EDICIÓN

HÉCTOR MANUEL GUTIÉRREZ

authorHOUSE®

AuthorHouse™
1663 Liberty Drive
Bloomington, IN 47403
www.authorhouse.com
Phone: 1 (800) 839-8640

Primera edición en español publicada por Authorhouse 14/2/2011

Diseño de tapa de Héctor Manuel Gutiérrez.
Foto de tapa Pelourinho – Salvador – Bahia
de Gabriel Franceschi Marchiori, Campinas -Sao Paulo - Brazil.

Segunda edición en español publicada por Authorhouse 08/03/2015

ISBN: 978-1-5049-0742-2 (tapa blanda)
ISBN: 978-1-5049-0741-5 (libro electrónico)

Número de la Biblioteca del Congreso: 2015906080

Información de la imprenta disponible en la última página.

ÍNDICE

Para Aida, mi amiga y compañera.

Para mis hijos Héctor Manuel, Sergio Manuel y Ailén Estela

A mis padres

A mis hermanos

En aquel tiempo, buscaba los atardeceres, los arrabales y la desdicha; ahora, las mañanas, el centro y la serenidad.
Jorge Luis Borges

Nota preliminar a la segunda edición

Me debatí entre la insatisfacción del escritor que quiere dejar atrás su producción poética inaugural y la guía cordial que me han ofrecido los que leyeron mis trabajos. Se duplicaron las sugerencias para que publicara una segunda tirada y con gusto los complazco. A la luz de esta re-encarnación de *Cuarentenas*, estaré inmerso en la elaboración de otra antología que temporalmente he titulado *Cuando el viento es amigo*. Me ocupan además las investigaciones que alimentarán mi libro de ensayos *La utopía interior*, que ha de publicarse en el 2016.

Aunque he agregado una unidad narrativa, las modificaciones a la presente colección son mínimas. Crece el número de páginas sin afectar la esencia ni la estructura del libro. Es mi humilde deseo que el texto se lea con el mismo beneplácito y fruición que constaté en muchos de los lectores, amigos y colegas que tuve la suerte de conocer en peñas literarias y tertulias. Estoy sumamente agradecido por el apoyo y estímulo a mis proyectos.

H.M.G.

Cuarentena. (Del latín *quadraginta,* 1206. U.t.c. adj.) f.
Lapso animoadrenaclínico de aproximadamente cuarenta horas, en
el cual, sin proponérselo, el escritor se sume en un estado cuasi-
catatónico que se extiende hasta entradas horas de la noche y
culmina, a veces, ya en uno o dos poemas, ya en una especie de
semi-narración o crónica producida en primera persona de singular,
de estilo avalánchico, asfixiante, insomne y a lo Silva, de tono por
lo regular casi serio, y que por su estructura y composición, no
alcanza la categoría de cuento, asume el nombre del agitado período
de concepción e incubación y por lo general no pasa de ser un tema
más de discusión en oscuras tertulias.

Conato de prólogo

En días como hoy se me ocurre subsanar pensamientos. Los provocan experiencias que por alguna extraña razón se conservan bajo llave, aunque disponibles, como en espera de algún fin misterioso. En mi limitada capacidad no logro explicarme por qué me afectaron estos hechos. Presumo que para el que las lee no pasan de ser vivencias sencillas y cotidianas, que tuvieron lugar muchas de ellas antes de la institucionalización del aire acondicionado y la invención del "low fat milk". Pero mías son y con celo las guardo, cual proyectos de naturaleza ilógica e inexplicable. Me acompañan en mis noches insomnes. Alguna enigmática entidad me sugirió que habría de renovarse la relevancia de aquellos sucesos. Quizás una especie de oráculo previó que los plasmaría como poema, ensayo, cuento o novela en alguna ocasión.

Si abriera ese especial archivo mencionaría a Francisco, aquel agradable señor enamorado de la tía Fior. Venía trajeado de lino o algodón blanco en claros y esporádicos domingos. La vieja improvisaba en seguida una botella de ron o unos vasos helados de cerveza, a cambio de alguna conversación en un lenguaje que apenas entendía. No se supo sino hasta después de su muerte que además de conversador era también poeta, como manifiestan sus *Testamentos infinitos*, *Los ámbitos circulares y El arrabal en el espejo*. Mi adulta lectura descifra ahora un sinnúmero de versos que me fueron vedados cuando joven.

Incluiría la historia del adolescente guanajo que el viejo trajo a la casa con fines de engorde, seis meses antes de las navidades de aquél fatídico año en que la hermana Mercedes metió sin querer el pie izquierdo en la oxidada lata sin borde donde calmaba su soleada sed el ave. En seis pulgadas de tejido terminó el tajo doloroso. Fue el mismo animal que al tocarle su hora, tuvimos que perseguir por todo el solar del vecino. Subidos en trozos de listón apilados junto a la cerca de alambre que dividía las propiedades, René y yo tratamos de enlazarlo con la ayuda de otros primos, con tan mala suerte que en un movimiento de René, crujieron los palos bajo los pies inseguros.

En vano intento por balancearme, me aferré a las púas. La herida en la palma limitó para siempre la coordinación de mi mano derecha. El pobre pavo, en su instintivo afán de alargar la existencia, había dejado sangrientas huellas, algunas de ellas muy profundas, en más de un miembro de la familia. La víspera de la nochebuena marcó la hora del sacrificio. Una oleada de isleña superstición invadió la casa en aquel 23 de diciembre. Nadie quería encargarse de tan macabro acto. Hasta que uno de los guardias que por la tardes con fines lujuriosos visitaba la vivienda de Caridad la lavandera, se ofreció a matar el odisiaco pavo. Queriendo lucirse a los ojos de su amante, trató de hacer lo que de seguro había hecho con alguna que otra gallina: retorcerle el cuello al animal de engañoso plumaje. Tras acrobáticos pero vanos empeños obviamente causados por el tamaño que ya había alcanzado la víctima, el valeroso galán tuvo que ingeniárselas para apresar al guanajo debajo de un bastidor viejo y mohoso que por años estuvo recostado a la pared de la única letrina del solar. Con singular gracia se aseguró de que la cabeza del engordado animal sobresaliera y aplicó varios machetazos, en su mayoría evadidos por el ave, que en su afán de supervivencia esquivaba inteligentemente la fustigación del valeroso gladiador. Por fin un certero corte cercenó el largo gollete del pájaro, ante los aplausos de un numeroso público que se había aglomerado en la improvisada arena. Los últimos movimientos del cuerpo cercenado salpicaron de sangre el recién almidonado uniforme del soldado. El 24 de diciembre los tres puntos de metal en mi diestra me obligaron esa y otras noches a agarrar torpemente el tenedor con la izquierda. Sólo la sazón de la tía Melilo logró disipar la negativa aureola que el pobre pavo había creado.

Podría también mencionar el famoso kilo que mi vecinita Flérida se tragó a los 4 años y cuya salida esperábamos junto al tibor, impacientes y con perversa curiosidad, hasta aquella mañana en que su madre lo pudo separar con una gran hoja de aguacate de los residuos de una dieta pobre compuesta mayormente de harina y chícharos. No comprendí hasta más tarde, las muchas cosas que en aquel entonces podía comprar con la traumatizada moneda. O con aquella de 50 centavos que se me fue por el alcantarillado en uno de los frecuentes viajes a la bodega, cuando todavía se compraba al detalle: que media libra de azúcar, que ocho onzas de aceite, que media botella de vinagre y la contra en café. "Para que aprendas a darle valor al dinero, vas a tener que pagarlos aunque sea de medio en medio", me dijo mi madre. Sabia sentencia de quien paradójicamente nunca le ha dado importancia a lo material. Religiosamente así lo hice, hasta que faltando 15 kilos, se sacó unos pesos en la charada y me perdonó la deuda con materna bondad. Su parábola no se detuvo en mí.

No faltaría la historia de la ronquera de mi primo "Nido", quien se cayera después de un intenso aguacero en aquel hueco cuadrado que el Tío Carlitos había cavado y que duró a medio hacer más de un año. Destinado a ser letrina, ya tenía ocho pies de profundidad. Fue el mismo hoyo en que con perversidad inocente y peligrosa había empujando antes a la prima María y donde por poco se desnuca, pues hacía tres meses que no llovía. El hecho me costó un doloroso serruchazo en la espalda, cuando le pasé corriendo por el lado al tío Carlos, quien cortaba una de las maderas para lo que sería más tarde la vivienda de Argentina y Francisquito. Recuerdo a la tía Melilo, que sin saber nadar, zambullose una y otra vez en aquellas coloradas aguas a la búsqueda del hijo menor. La madre logró salvarlo después de haber consumido tres galones de agua y lodo, yendo a parar la mayor parte a los pulmones. Había que ver la expresión en su cara cuando en fallidos intentos salía a la superficie, hasta que por fin dio con el pequeño cuerpo del hijo. Desde entonces, aquel muchacho que soñaba con algún día ser cantante, sufrió una deformación tan radical en las cuerdas vocales que sus interpretaciones infantiles en castrato fueron cosa del pasado. La nueva y viril voz no encajaba con su cuerpo, todavía a seis años de entrar en la pubertad. Irónicamente, veinte y tantos más tarde y ya viviendo en una ciudad grande del norte, el mismo ronquito, presa de una endemoniada adhesión a las drogas, provocaba tres consecutivos derrames cerebrales a las dos veces hacedora de sus días. La naturaleza fue cruel: pocos son los que sobreviven al primero. Nunca olvido la enorme cicatriz que dejaron en su cabeza los cirujanos. Tampoco el enorme hueco que dejaron en su frente. Ignoraban los galenos que de allí extirparon los tejidos cerebrales poseedores del toque secreto que hacía de sus frijoles los más sabrosos del antiguo barrio. Hecha un vegetal, incapaz de controlar sus emociones, lloraba como niña y se orinaba en las pantaletas cuando me veía llegar en horas de visita. Así estuvo por tres largos años. Me alegré cuando oficialmente murió.

O las populares siestas de Francisquito. Privilegiado en muchos sentidos, aunque de poca estatura y bastante amigo de la bebida, después de largos meses de casi imposible pretensión, logró un puesto de chofer en el servicio de inteligencia del gobierno. Gracias a su nuevo estatus laboral pudo casarse con la prima Argentina. Como conductor especializado tenía el derecho a almorzar en su casa. Después de una opípara comida donde casi nunca faltaban la yuca con mojo y los frijoles negros, se acostaba infaliblemente a dormir en el solar del tío Carlos en aquellos silenciosos mediodías. La novela Colgate-Palmolive se escuchaba sincronizadamente y sin excepción en todos los radios del vecindario. Los románticos diálogos matizaban los placenteros quejidos de la rubia y marcaban la lenta transición entre la mañana y la tarde. Entonces nos disponíamos los mocetones mirahuecos a observar las rutinarias maniobras de los esposos, unas veces, las más, estimulados por los rollizos muslos de la prima, que acariciados por ese tibio aire de ajo y comino que Changó sopla con deífica malicia, agitaba las hormonas y contribuía al desarrollo varonil de los muchachos del vecindario. Otras, llenos de envidia, al observar con matemática y esperanzada curiosidad la protuberancia del mulato durmiente, que se recogía serpentina y lentamente por la portañuela de sus calzoncillos, su prenda favorita para el descanso de mediodía. Pudo escaparse de las turbas organizadas que recordaban sus años de buena vida en el régimen anterior. Mas no así de la cirrosis hepática que años más tarde acabó con él. Argentina lloró por meses la ausencia de los dos, el mulato que tanto la había hecho reír y el miembro adjunto que tantas veces tapó el vestido que la cubría del discreto encaro de los jóvenes soñadores.

Finalmente haría alusión a aquella mañana en que mi amigo Alfredo, movido por no sé qué convicción de que sabía nadar, de buenas a primera y con desmedido entusiasmo, se tiró a aquel río caudaloso. A menos de cinco pies de la orilla era obvio que mejor se desenvolvía en tierra. Las generalmente grandes pupilas con pavor doblaron su diámetro en cuestión de segundos. Apresuradamente recogí una de las ramas que por fortuna abundaban en la orilla, la extendí en su dirección, a la que el buen muchacho se asió con fuerza desesperada. La decisión de no tirarme no fue diligencia de bravura ni estrategia sino de automatización, de instinto. Más que aquel acto sin pensar, fue el sentimiento de gratitud y cariño que Alfredito desde entonces me mostró, lo que en realidad marcó el inicio de una amistad que todavía continúa, aunque éste murió antes de cumplir sus 19 años. Poco tiempo después del incidente del río, el cuello roto en un accidente de motocicleta, dejó viuda y virgen a la que en un futuro no pudo ser su esposa. Me pasaba horas junto a su lecho de enfermo. El codo descansando sobre las sábanas, me agarraba la mano y yo mantenía la suya apuntando hacia el cielo. Aliviaba así la angustia de las pesas que, halando la columna, mantenían alineadas las desparramadas vértebras. En mis sueños me visita, entabla conmigo charlas profundas mientras estrecho su palma amistosa.

Sé que éstas y otras experiencias que aquí no toco son, como Alfredo, también mis amigas. No logro entender por qué en aquellos pasadizos recónditos de mi consciencia se escucha, claro y sólido el mensaje: *perdura, perdura, que aunque parezcan de un pasado que no regresa, estas cosas no están consumadas todavía, no caducan, están a medio hacer. Empezadas apenas, repercutirán en otras también nuevas. Ad perpetuam rei memoriam.* En ese lugar especial, hecho de raro y eterno presente, nos abrazaremos ellas, yo y algún lector implacable y paciente, acerbo y generoso. Cerca de los valles alquimios y planos conceptuales que llevan nuestros nombres, donde yacen tonos reconocibles de singular incoherencia, me encontraré con ellos. Algo me dice que es allí donde lo puesto y lo opuesto se unen, donde lo irracional es norma y lo invisible Poesía. La magia que mueve nuestra creatividad ha de fabricar y traer la recompensa; hará retocar y pulir, entre anversos y reversos, el momento. Entonces, tal vez más temprano de lo que yo mismo esperaba, enmarcados por anfelios y perihelios de naranja, bajo crecientes y menguantes de plátano, nos reinventaremos.

Estela

Fin y causa de tu nombre:
consumirte
al forjar vidas.

Madre, sinónimo de entrega
traducida en mí, lengua viva
que lleva al futuro.

En la clase de gramática

—¿Qué es pasado?
—Una mariposa
disecada entre dos páginas.

—¿Y presente?
—Un escaparate
con máscaras, trapecistas y payasos.

—¿Y futuro?
—Una caja vacía
envuelta en papel de regalo.

Distancia

Hay un ángel en una isla lejana.

Su cara, que refleja inocencia,
parece preguntar:
¿Dónde estará mi madre?
¿Mi padre dónde está?

La respuesta se pierde
entre juguetes comprados
en un idioma extraño
al otro lado del mar.

Cuando mi piel suave

Mi piel,
sin cicatrices ni vellos,
se estremecía en silencio al filo de lo nuevo.

Párvulas voces
se escuchaban todavía.
Vi un hada de Venus émula,
mas infeliz.

En llanto que acentuaba su belleza,
me dijo: —Quiero conozcas
los secretos de la tierra.

Con miedo la acompañé
por sendas viejas,
bosques, jardines,
lagos de vida llenos.
Palpé flores y mieles,
aromas soñolientos.

La imagen,
entre sueños,
en noches calurosas
se me aparece.

Es diferente

En la verde y temprana atmósfera
te pregunto si me quieres
—Con el alma.

Insisto,
por temor o egoísmo
—Más que a mi padre.

Luego,
cuando fríos y flores, calores y desnudos
anuncian las mañanas,
te pregunto de nuevo.
—Con el alma.

—¿Más que al niño? —repito.
Tu voz no se oye.
Fúlgidos de un nuevo goce,
sólo tus ojos responden.

Eslabones

De pelo largo,
entre generaciones que escinden,
al padre,
a quien cuestiona y se queja
"imposible",
sentenció
en aquel entonces.

Mitad de camino,
sabio, no menos confuso,
a la progenie
que reta con
similares preguntas
"Imposible",
responde.

Amiga Ignorancia

Oídos de polvo.
Ojos
empañados en milenios de tristeza.

Huesos,
pilar de sociedades en sombra.

Por un cuarto de siglo me amamantas.
Otro tanto alimentarme esperas.

Vano intento.
Distingo ya el vibrar de nuevas músicas,
otras tierras,
extrañas lenguas,
amiga Ignorancia, vieja amiga,
de mis padres y abuelos compañera.

Desechos

Ayer
recogí
algunas
frases en un basurero.
Todas tenían sentido.

Después del alba

En la madrugada tuve un sueño.
No lo recuerdo.

Saber, pensar

Saber
Que somos ínfimas partes
de un sueño
que ahora y eternamente
tiene Dios
me asombra

Pensar
que soy parte viva
de su fantasía
me desarma

Músicas muertas

Mientras libero páginas
de erróneas pretensiones,
deliberadamente
el aire me secuestra.

Miedo de ser

Miedo de ser un punto en el disgusto,
un cero en el recuerdo.

Reír es mejor…
      lágrima acaso:
de ternura y goce de lo vivo,
revivir con furia lo que ha muerto,
nacer de nuevo entre las cárceles
del hogar materno.

Un tiempo indescriptible,
      una inquietud,
coincidencia
de inegables quebrantos a la musa
que inviolablemente se mantiene en velo.

Su mundo gime en la memoria
de inexistentes anhelos y suspiros:
tiernos,
      tan tiernos son
que sólo yo los oigo
y los mimo
en el compacto abismo de los sueños,
el sublime sincopado de la sangre
de mi último lecho.

Elegía al poema que nunca fue

Poemas hay
consumados
aun antes del parto.

Otros a la deriva,
como inconclusos
de vísceras formados;
aparecen,
se plasman…
nada más.

Amigos

A Camelia Garrido y Carlos Ramos

Pocos lo saben…
desfilan mil conocidos.
Sobresalen unos tantos
y perdura el lazo invisible.

Familiaridad de rostros,
timbre de voces,
personalidades y anécdotas…
hasta aromas, solemnemente tocan
la vulnerabilidad del recuerdo.

Celebro
la especial convivencia de un amigo.

Soneto uno

Hoy pienso en cuán irónica es la vida.
¡Que mordaces sus muecas, sus azares!
A pesar de este ruido y alegría,
me encuentro más que solo entre millares.

No veo el tono azul de aquellos días.
Lo verde y luminoso del paisaje,
producto del quehacer y la rutina,
en vil caricatura veo tornarse.

Añejos sueños, vigorosa vena,
hinchados con delirios de grandeza,
origen son y serán de aguas negras.

Metamorfosis medra a grandes pasos
mientras yo, penitente, desolado,
contemplo desde el suelo los pedazos.

Crucigrama de infinitivos

Vivir...
ganar una propina o una apuesta.

Lidiar con horarios y jefes.
Pagar impuestos, gobiernos, parientes.
Preocuparse en suma y resta.
Trabajar.
Confrontar el examen de conciencia.
Masticar refriegas.
Abrazar resignado la rutina.

Sobrevivir no es suficiente.

Hay que ayunar.
Comparar aquel rumbo
Al de los sueños,
desvaríos de poeta.
Volar a recónditos mundos;
acercarse, con tientos, a la esencia;
abismarse en rectangulares sepulcros;
dimensionarse en conceptos absurdos.

Volver...
Descifrar, en códigos, la experiencia.

Vericuentos

Me acosan
Impulsos que marean por intensos.

Premisas de roedores;
escozores que rumian:
cogitar, cogitar,
me hacen vestir de enemigo;
me sumergen en la memoria
e imponen tatuajes en la corteza del silencio.

Enderezando enigmas,
me abandono en nimias empresas,
aunque apenas toquen la periferia
de alguna ontología.

Un acento ortográfico me martilla la frente.
Puedo enderezar un recodo,
chotear un hemistiquio,
camuflar una rima
y parirme en un verso.

Tus metáforas

De murallas constructora,
hermética sombra:
más que sugerir,
escondes.

Motivos

Con el tiempo,
mi existencia trascenderá la necesidad del
momento.

Lo mismo da.
Una canción, un cuadro,
un poema.

Anticipada respuesta,
ocupo espacio.

Lleno motivo, intención, ausencia.

Domingo

Séptimo para unos,
primero en otros.
Sirvo de anacoreta
a empresas prohibidas
y me fundo entre sectas lejanas.

Extirpo espíritus
atosigo demonios
que tras huidizas oscuridades
se esconden.

Matute de misterios,
me hago mancebo de frases *a capella*
e ilumino ángulos.

Poseo el ingenio
que torna en gris las calendas,
denegridas las sangrantes tardes
y accesibles de algún insulso poeta
las cuarentenas.

Poesía y café

Semisacrificio de envoltura.
Sugerencia sutil
de fuego y alquimia.
Exacto volumen de melaza,
agua y moreno polvo.
Esencia,
no figura.
Empírico tanteo,
mágico impacto de diseño y ánima.

Génesis

A Eugenio Angulo

Hace poco
sucumbió el hombre
al dejar de ser impredecible.
Entonces le sobrevivió el poeta.

Florence

A Florence Yudin

Catalizador de émulos.
Andrógeno misionero
y tejedor de ánimas.

Sarabaíta geminada;
en secretos enjambre.
Genuina iconoclasia.

Magister Plurimus.
Pozo de alcoras socráticas.
Sacerdotisa de perversidad.
Venero de altruísmo,
Eros, Magia.

¡A quién le importa!

A José Martí, conciudadano

Edad,
lugar de origen,
marchitos ancestros.
Substrato en verso.
Equis acento en el habla cotidiana.

¡A quién le importa!

El mundo, mi ciudad.
Mi vida, un puntuario.
Mi tumba,
tal vez un número.

¿Mi obra?
Alguna hoja que aromas cante,
una frase escueta y grávida,
el tenue silencio de mi voz en un extraño.

A los que dicen que de amor no escribo

Muchos son
los que en el amor se inspiran,
y por él la realidad rechazan.

Monumentos, recuerdos y elegías
olivos y laureles le brindan.

Tantos en el amor meditan
o se jactan de fe y esperanza,
que con tanta alabanza lo marchitan.

El efecto eterno de la noche

Se construye el puente,
el río, la barca.
Se dibuja un marco de gestos.
Se mantiene oscuro
el eco de los cánticos.

Sólo el fuego,
que satura noches,
la quietud quebranta.

Hambre con hambre
se derrite en la humedad sofocante de algodones,
paréntesis continuo de un segundo
¿o de mil años?
La música de los cosmos
se derrama.
Es lava que salta y se esconde
entre átomos
de arena y agua,
en un patio infinito
sin cercas
ni plantas.

Traslúcida

Mira
que mis ojos no te miran,
mas con mi no mirar.

Tú dirás

Si pudieras vivir quinientos años…
no menos de uno y otros tantos necesitarás
para entender,
no menos de mil dos para saber amar.

No… no diré.
No vale ni vales la pena.

Disculpa

Si al leer mis versos
alguna idea insiste
en distraer su sueño
o intenta atreverse siquiera
a perturbar sus pensamientos…
Excúseme, es el Tiempo.

Si te preguntas

Curiosa perversidad la de violar códigos,
sugerir afrentas,
construir leyendas,
inventar enigmáticos ritos,
perturbar al isleño fénix
que emerge.

En su estela no hay dioses,
ni cosmogónicos delitos.
Su sombra, ni castas
o metales preciosos esconde.

La inquietud acosa
y el No, aunque sutil, abruma.
Pero no habrá más que un fraterno abrazo.
Un abrir, un cerrar y viceversa:
fórmula sencilla, primordial.

Forjador de sus propios laberintos,
condena a ellos la entrada.

Intento

Hay quienes aman,
gozan y sufren.
También los que son amados.

¿En cuál grupo estás?

Andrómaca desnuda

Con frecuencia me retiro
en viajes cuarentenos.

Siendo otro mi rumbo,
eres metáfora última y primera,
afable arena; yo, fuego,
feliz catalizador, pupilo en ciernes;
tú, maestra, multiorgásmica escuela.

Te quejas.
Sin embargo,
en el lecho también vuelas,
y yo, de guardia,
quedo en tierra,
esperando, confiado,
que regreses.

Tú, pronombre prohibido

Parte soy de tus desvelos,
y esos sueños de pasados comunes
han herido también mi subconsciencia…
Tu mundo me atrae y me devora
como noche de aullido y luna.

Vamos a intercambiar verdades,
deja que mi *tú* recobre su vestido.
Hablemos
aunque otras corrientes
interpongan su sentido en esas líneas
dibujadas de alas
que sólo tú y yo guardamos
en un cofre tibio de eternidades viejas.

Misterios

No hay tal entresijo.
Jeroglíficos se asoman
en hialinos velos.
Pezones importunos piden aliento.

Nerviosas axilas riegan
incitante especia.
Un cuello rígido esconde
seductoras descargas eléctricas,
quejidos,
discursos de hambruna.

Sed que he de saciar,
como se lee
en farallones milenarios.
Tengo acceso a sus confines.

Secretos

Nada hay que temer...o perder.
Has visitado mis cuarteles.
En ellos nada falta.
Alguna infracción tal vez.

Mi misterio es tu miedo
disfrazado de secreto.
Déjate guiar:
libera mis códigos-ancestros.

Tras la señal
se vestirán de verde mis íntimas prendas.
Perfumaré para ti mi olivo.
Aliñaré mi agarena alfombra.
Pernoctarán en tu almohada nuestros versos
y seguiremos siendo:
tú, lo que soy
yo, lo que eres.

De Auriga

Las cabras saltan hacia lo alto
(casi siempre).
¿Acaso por eso me llamas cabrón?

Intercambios

Fraseabas eufemismos.
Yo callaba.
Ahora, tras los míos,
acerbos emites.

Discrepo

¿Tú?
Carencias.
¿Yo?
Pasiones que
hieren, dan vida
o ennoblecen.

Presencia

¿Qué eres?
Disimulos de una estirpe,
legado de estigmas
que esconde
acervos de medianía.

¿Qué fuiste?
Siembra de memorias,
alguna ocurrencia
que parió la locura.

¿Qué soy?
Involuntario temblor
de piernas,
una nimia curiosidad
que dibuja concesiones.

Una perenne arritmia
inserta viscerales desiertos,
engulle y reversa condenas.

Ausencia

Ser diferente
fue su himno.
También el mío.
¡Ah,
cómo extraño!
¡Paradójica soberbia!

Sed

Cual cura desértica, te busco.
Como agua te me escapas.

Exámeron

Menos de dos líneas, un universo.

Glosa al mar

Un prescindible canto más.

Sorpresa, misterio,
epifanía y espectáculo.

Tregua de Hipnos y Tánatos,
refractas albores
que albergan mis ocasos.

En ti lloran mis ríos.

El Puerto

Como agua feroz
mordiéndose y sonándose
en la estación marina,
su caracol de sombra
clama un imposible.

Las traviesas se levantan
rebosadas en oscura asonancia
a orillas de un océano solo.

Los pájaros del mar
lo desestiman y huyen,
retirándole su solidaridad salina.

Paseo

Edificios de colores vivos
edificios en construcción
casas
calles
avenidas
luces
postes
letreros
tiendas
vendedores
policías
transeúntes
trabajadores
hombres
mujeres
ancianos
niños
risas
ruidos
discusiones
disgustos
aglomeraciones,
soledad.

Cante jondo a un surco viejo

Tez de tierra que el polvo masticas.
Sueñas con relojes de hacienda,
con arados modernos
que vuelan en surcos de pasta de aguacate.

Hueso que se gasta
y se arruga
en capas de sudor acumulado
entre suspiros que no concretan
sino en llanto de llagas,
suelo en grietas
en la espera inútil
de un vaso de agua.

Mente agotada
que al uso se niega.
Desvelo sin fruto,
hijo de muerte,
padre de nada,
madre de nada,
sin principio,
sin final.

¡Envidio al lobo!

¡Envidio al lobo salvaje
que acobarda con su grito!

Su vivir sin yugos,
su forma de morir,
orgullo hijodalgo.

Sufre
la tierra madre, que llora
la maldad que en su seno
animales de apariencia de hombres
siembran con soberbia de dios falso:
aniquilando bestias cuya hermosura
desafía el poder
de mis congéneres.

Apocalipsis

¿Te acuerdas
cuando el mundo
rebotaba en su cuna de atmósferas?
(ayer
estallaron las potencias)

¿Recuerdas la lluvia
que en los trópicos
pincelaba el alba?
(no hubo guerra,
sólo un golpe)

¿Te acuerdas del sol
que en las playas
teñía tus
sueños?
(ni tiempo
ni aire hubo)

¿Y el campo,
florecido de boñigas?
(eso fue todo)

¿Y el mar,
que traía náufragas brisas,
botellas y esperanzas?
(yo tu culpa
cargo, hermano,
y tú mi saco de culpas arrastras).

Preguntas

Cuerpo de agua frágil,
¿De dónde te caen los años?

Cuando muera

Quiero estar tan contento,
satisfecho
de vivir, de haber vivido,
que en el preciso momento
de partir,
el morir no me duela.

Y seguimos

Jugábamos a grandes
o queríamos ser niños.
Las horas faltan…
y seguimos jugando.

Voces decían mentiras,
buscaban verdades.
Viejos ya,
los labios tiemblan…
y seguimos buscando.

Amores sudaban fiebres,
parían amores.
Cuerpos y mentes se huyen…
y seguimos...

Sueños ansiaban realidades,
risas escondían llantos.
Ahora somos teatro,
gestos y verbos de barro,
ruidos e imágenes de plástico.
Seguimos muriendo…
y seguimos.

De autoría

A Reinaldo Sánchez

He aceptado de un amigo el encargo de escribir la introducción a uno de sus trabajos. Con ese propósito sigo el siguiente procedimiento: como acostumbra hacer el autor, preparo y tomo café, aliño la ropa, separo el almuerzo que se recicla al mediodía. Son actividades rutinarias que pueden substituirse de vez en cuando, según la urgencia del momento. Pero cepillarse los dientes y darse una ducha alrededor de las seis de la mañana es, más que una necesidad, un rito. Lo demás es prescindible.

Sé que para él la ceremonia matutina empieza abriendo la llave de la izquierda, responsable de hacer andar el calentador. El corto proceso de acaloramiento me da unos minutos para terminar algunas cosas pendientes dentro y fuera de la casa. No me empiezo a bañar hasta que el violento chorro alcanza la temperatura ideal, un grado antes de hervir.

Comprendo a mi aliado cuando dice que al entrar en el húmedo cuadrilátero, le da por reflexionar. Sólo existimos el agua y yo. Ésta desencadena una incontrolable serie de raras ponderaciones. Cavilo en los millones de habitantes de este planeta que no disponen de un cuarto de baño y mucho menos de agua caliente. Muchos tendrán que compartir el hambriento grifo en una casa destartalada en *Cité Soleil*, un solar en Centro Habana, Alamar o una carioca *fabela*. Otros, los más, no tendrán siquiera la tubería indispensable y habrán de cargar el agua en cubos desgastados, bautizada ésta con bacterias multilingües. Hay también a quienes, disponiendo de todas las comodidades, no les alcanzará el tiempo para hacerlo. Otros, sencillamente no se interesarán en asearse.

Mas para mi amigo el autor, un día sin una o dos duchas es como cielo sin sol. Usualmente descarta el cuarto de baño como improvisado escenario para cantar: evita así las quejas de lastimados vecinos. Tampoco le urge buscar la camaradería de la tina para satisfacer necesidades íntimas, algo muy común cuando es irremediable compañera la soledad. Mañana tras mañana, se sumerge en la necesaria labor. Mantiene así la tranquilad o comodidad mental de saber que se ha duchado antes de lidiar con vejámenes de suburbia. La ducha es, entonces, un obligado ejercicio de introspección.

Minutos después de empezar el placentero protocolo, consulta con la musa de los baños, esperando al final de acto, contar con un cuerpo no sólo pulcro, libre de impurezas, exento de urbanidad, rico en motivos para sus frecuentes y a veces extrañas cuarentenas. Se deduce que uno de los beneficios, aparte de los obvios, es la incubadora facilidad que nos ofrece para dar rienda suelta a la imaginación, particularmente cuando el agua alcanza altas temperaturas.

Mientras la corriente mantiene por unos minutos el calor necesario para iniciarse en el campo de la creatividad, el hábito pide hablar de la edad, carácter, profesión, lugar de origen, preparación académica y experiencia. En realidad, señala discretamente el autor, estos aspectos carecen de importancia, a menos que por azar se haga famoso, posibilidad que por cierto cree muy remota. Conformémonos con decir que es ciudadano del mundo, que ha vivido bastante, que tiene como afición el antiguo oficio de leer y escribir: actividad que aborda con constancia, placer y seriedad.

Me aseguran que nunca ha pertenecido a una organización política o partido. Aunque en ocasiones le ha tentado la idea, no ha llamado a puertas de sociedades secretas ni logias. En cuanto a sus inclinaciones políticas, sé que es demasiado liberal para contarse entre los que están "sentados a la diestra de Dios Padre", mientras es demasiado conservador para escribir con la mano izquierda. Por lo general está en desacuerdo con ambos extremos y cree que en ellos conviven ingenuos y maliciosos, dedicados y oportunistas por igual.

En cuanto a las relaciones sociales, su supervivencia en la esporádica asociación con grupos culturales, en particular los literarios, ha tenido mucho que ver con una innata habilidad para trabajar en equipo, a sabiendas de que algunos autores, independientemente de sus aptitudes, por definición son conflictivos y de egos toreadores. De ahí que asuma ante ellos una actitud reconciliadora en las frecuentes y apasionadas polémicas, en ocasiones tan caldeadas que incursionan en el campo de la ficción.

No es este lugar para hablar de la profundidad de sus escritos ni la complejidad de su sistema nervioso. Ésa quizás es tarea para aquellos que, tras ser entrenados en el campo de la psicopatología, quieren hacer el papel de críticos. No es trabajo que compete a amigos. Estoy, sin embargo, autorizado a sugerir que una emigrante y dolorosa circunstancia, lo forzó a desarrollarse en ambientes disímiles, alimentados por ebulliciones sociopolíticas que, cuando niño, le afectaron para siempre las neuronas, ¿y a quién no? Sin embargo, si por un lado esto le transmitió una especie de inestabilidad residencial, por el otro lo enriqueció, gracias al heterogéneo contacto con la gente. De ahí que para él la vida no es más que una transacción, un saldo de pérdidas y ganancias.

Los percusionistas tienen una instintiva agilidad para expresarse por medio del tambor. Como el cuero en aquellos, la pluma es, para mi amigo el autor, vehículo idóneo en la comunicación. La pluma llena el espacio usurpado por la ausencia de convivencias dialécticas dictadas por gobiernos totalitarios a las que no se subscribió. Digamos que ese eclipse es el elemento definidor de su habla, afectada por algún incidente que a temprana edad le dejó huellas indelebles. Algunos individuos a menudo confunden esa afección con falta de inteligencia y escuela, particularmente aquellos que lo conocen desde la periferia o adolecen de escasa paciencia. Caen en este error por lo general los no familiarizados con las múltiples proyecciones del saber humano o los que ignoran o niegan finitas posibilidades de poseer la verdad absoluta.

A pesar de sus modestos logros __en ocasiones entorpecidos por una deficiente burocracia de Academia__ en el fondo no deja de ser un autodidacta. Aprende, como cualquier poeta, de los pinchazos de la vida. Ve los obstáculos, que no busca, sino que aparecen, como estímulos necesarios; en particular cuando éstos son debidamente cabreados.

Para él ya están muy lejos los años de entusiasmos ideológicos o radicalismos juveniles. Cesó la búsqueda del paraíso demianano o las peregrinas emulaciones de Sidharta. Pero todavía cree __y defiende fervorosamente__ en el concepto de la amistad. Todavía recibe y cultiva Amor. Anhela un epílogo sabio y octogenario como los de Casals o Picasso, aunque está casi seguro de que no llegará a los setenta.

Mientras el agua caliente empieza a hacerse escasa, puedo hablar de sus escritos. No tienen nada de extraordinario. Aunque no niega la influencia de algún que otro autor, sus trabajos no han sentido el soplo de los llamados movimientos o escuelas y me consta que al menos nunca ha tenido dificultad en reconciliarse con su propia voz. Sí noto que cuando escribe, diluye el texto en tesituras crujientes que evocan la raspa de arroz isleño, pega de cartílago porcino, melodías dispuestas a ser digeridas por un lector curioso y tolerante.

Su estilo por lo regular es sencillo, exento de palabras ostentosas, pero con inesperada tendencia a un barroquismo caribeño que a veces ignora la necesaria existencia de las pausas, estira el quebradizo elástico de las oraciones, explota en ellas hasta el último átomo conceptual, las alambica por un meticuloso proceso sintáctico, no las libera sin que queden debidamente "pasteurizadas y homogeneizadas", hasta licenciosamente provocar en los que lo leen sensaciones de angustia y determinado humor, acompañadas de una sed arenosa, jeda y falta de oxígeno, sensaciones que sólo se calman cuando arriba el ansiado punto y aparte.

Ya el agua sale arteramente fresca, como insulano manantial. El tiempo apremia. Sólo quedan unos tibios litros. Aprovecho y agrego que los temas de mi amigo son exactamente los mismos que preocuparon a cualquier Marcos Pérez de Buena Vista. Con frecuencia habla de la vida y la muerte, el tiempo y el espacio, la nada y el universo. Recurren en él los motivos del amor y la mujer, el ser versus el estar en el mundo, en fin __en ese orden__ soñar, hacer y esperar. En cada una de las instancias trasciende lo que para muchos __incluso para mí__ es su característica principal: la autenticidad.

Al no quedar más agua caliente, la presión hidráulica parece aumentar. El preciado líquido recomienza a contraer los poros, a vigorizar la piel. Ayuda a recobrar ideas dormidas, a substituir células muertas. Ya es hora de dejar las enjuagadas lozas. Hay todavía mucho que aprender y andar. Aún quedan dioses que inventar. Alma nueva en cuerpo nuevo. ¡A vestirse, a aletear la moderna montura, a enfrentarse a la imponente y prefabricada realidad! ¡Cuán diferente a la del estimulante caño que sirve de inspiración a discursos inquisitivos de liviana ropa: anfibia catarsis que recarga armaduras y amputa molinos de viento!

De corpus et animus

¿Qué sería? Una noción pregenérica, un proyecto trunco. Un Einstein, un Hitler. Una Isadora o Kahlo quizás. Una monja ecuménica, un convicto asesino. Un acaudalado o una indigente. No sé... ni lo sabrás.

Música (mal del siglo), frases (pretenden ser vanguardia), sueños (mutados retratos), pesadillas (y demás volubilidades), se aglomeran y se excusan unas a otras. Legitiman una existencia, mientras los instintos se acomodan en un sillón gastado por tus propios ocios, se sumergen en un barreño, donde ambarinan los microbios. O se recuestan en la grada constante pero efímera de una escala cualquiera (y que a nada conduce). En tus años de adulta evolución tu fervor manipula acciones, mitiga ardores, haciendo caso omiso a pre, durante y postmenstruos.

Llega el aleph, ese instante en que provocas y permites aquello (me refiero a aquel) que, henchido de sangre presa, se eleva a su máximo exponente, auscultando oxígeno. Ese que desemboca en un desliz, te goza y quema, aterriza como un río muerto y aniquila abstinencias.

Quizás no lo notes. Tal vez sí: en algún momento hay una ineluctable tendencia a chupar, algo que inhala como hoyo negro adonde apuntan infinitas galaxias. Adonde se dirigen los millones de mitades que logran, tras heroica carrera, salvar obstáculos, subsistir secretados ácidos. Entonces nace y muere (al mismo tiempo) ese lienzo desahuciado, dolorosa cuasisensación de no saber, de desplazar y desplacer.

Esta alma, ala rota que baja aun después de deprimida, estas sienes que piensan y despiensan, no son mías, ni tuyas. Ese vientre que reversa (yo he estado allí) no es mío: tampoco tuyo. Ese lujo de libre albedrío se me niega. Y tú, ¿a qué te aferras? A formas banales, curvas que distorsionan. Te abandonas en la capa. ¿Yo? Me refugio donde no existe el pronombre, ni el escondite, ni la máscara. Soy (si es que alcanza el verbo) un mundo descompuesto: sin espacio, sin derecho, sin opción a ninguneos. Quedo (si es que puedo) en la antesala de lo inerte: hecho día de tinta, farol en sombra, olvido de noche, ausencia lejana, sin nostalgia futura siquiera.

Psicoanálisis barroco: Cúcumis Sátivus

A la memoria de Johan Sebastian Mastropiero

I

Desde este cómodo y psicoanalítico sillón, recuerdo entre otras cosas la colaboración con su distinguido colega Josef Breuer, en el antiguo y reconocido enfoque terapeuta *Mecanismos físicos de los fenómenos histéricos*, escrito hacia el año 1893, en plena época modernista, aunque supongo que usted no se dio por enterado o no les dio importancia a los frecuentes suicidios que se registraron entre los que se identificaban con los postulados de aquella escuela estética latinoamericana.

Recuerdo también las acertadas disertaciones sobre el comportamiento de la mente, perfeccionadas en su célebre *Estudios sobre la histeria*, publicado en 1895. Aquel trabajo marcó el inicio del psicoanálisis moderno con los descubrimientos que enfatizaban que los síntomas de pacientes histéricos están directamente connotados por fenómenos patológicos que se remontan a etapas muy tempranas del desarrollo de la psiquis. Es ya un hecho científicamente aceptado que por circunstancias de ambiente se reprime cierta y especial energía emocional que sólo se libera por medio de un metódico proceso catártico, que consiste, de acuerdo con las estrategias que usted inventó, en recordar y reproducir bajo el efecto de la hipnosis, un determinado número de escenas olvidadas a petición del subconsciente. La existencia de obras de ficción producidas por individuos del calibre de Sábato, Labrador Ruiz y en especial en las de Lezama Lima, ilustra la efectividad del acercamiento cuando se aplica en el campo de la creación literaria. Recuerdo también que usted abandonó ese método absolutamente convencido de que la naturaleza de aquellas sensaciones reprimidas era de carácter sexual. Si no me equivoco, más tarde se dedicó usted a utilizar la "técnica de la libre asociación de objetos e ideas". No me olvido, doctor, de aquel trascendental y finisecular momento en que aparecieron, una tras otra sus importantes obras, entre las cuales se destaca la más conocida de todas, *La interpretación de los sueños*, salida a luz en 1900. Lo demás es historia.

II

Apoyándome en mi familiaridad con la materia y con su venia, Don Sigmundo, por escoger tan ordinario tema, me permito elaborar mis impresiones del popular *cúcumis sátivus*.

Remotamente relacionado con el melón y la calabaza, tuvo su origen en el noroeste de la India, y eventualmente formó parte de las comidas en otras regiones de Asia, Europa y hasta la negra África, donde se prepara también en escabeche. Como de seguro usted sabe, el pepino es producido por las conocidas plantas anuales clasificadas como *espermatófitas*, que llevan el mismo nombre del fruto y que se distinguen por su despliegue de flores grandes y amarillas. Las flores proyectan en un hermoso *pedúnculo*, armoniosamente sostenidas por ejes de bien definido crecimiento, más o menos alargados, conocidos como *tálamos*, parte de los cuales contornan el periantio o perigonio, de muy proporcionados *estambres*, que a su vez constituyen el *anaroceo*, término con que se conoce el aparato reproductor masculino. En cada una de las flores podemos encontrar, en arreglo paralelo, el pistilo, con el ovario, estilo y estigma, que obviamente conforman el aparato reproductor femenino. Como elemento definidor sobresalen, solitaria o en ramas, sus triangulares hojas. Éstas se agrupan con fines protectores y de reclamo, facilitando así las naturales intervenciones de los animales polinizadores, entre los cuales se encuentran con su laboriosa magia, las abejas.

Por razones varias este pepónido fruto desempeña un papel importante en la dieta de los norteamericanos, como demuestran los ricos cultivos en los estados de Carolina del Sur, Tejas, California, la Florida y otras áreas de generoso clima. Ahí están los estudios, investigaciones y claras conclusiones de los laboratorios universales que, auspiciados por instituciones no lucrativas, aparentan preocuparse por el bienestar del consumidor, señalan al pepino como fuente accesible de vitaminas y minerales y antioxidantes.

Un popular uso de de las rebanadas pepinianas confirma la acción rejuvenecedora de estas, cuando se aplican como máscaras a la cara de los interesados en disimular las indiscretas líneas dibujadas por el paso del tiempo o la hinchazón de las heredadas arrugas, acelerada por la pobre alimentación, el abuso del tabaco y el alcohol, la mala vida, el trasnochar bohemio y las parrandas.

El largo y pulido vegetal es también fuente de inspiración estética, a juzgar por el subjetivo efecto que causa su presencia en las llamadas naturalezas muertas o *still life*, retratadas en la en la etapa formativa de desconocidos y luego famosos pintores.

Nadie mejor que usted, distinguido galeno, sabe del efecto líbico que les causa a sujetos de ambos y terceros sexos la sola mención de este tentador fruto, como posible instrumento de inserción, como sugirieron por años sus bien documentados casos.

Las repercusiones de este misterioso e interesante dato en la forzada memorización de categorizaciones y estereotipos que tanto ayudó usted a establecer como requisito indispensable en el currículo de aquellos que, como último recurso en una oscura carrera de psicopatología y otras relacionadas disciplinas, se manifiestan en un ambiguo y complicado comportamiento que en numerosos casos impulsa a escribir laberínticas novelas, poemas o cuentos. Fueron sus teorías las que plantearon muy enfáticamente que el artista conoce el subconsciente mejor que usted mismo.

De lo arriba mencionado se deduce, teniendo en cuenta su instruida opinión y de acuerdo con sus bien documentadas formulaciones, que el arte no es más que un substituto de gratificación. Es decir, el arte funciona como un narcótico reducidor de la tensión. Precisamente se ha puesto de moda un marcado interés por las manifestaciones del sexo en el campo de la literatura. En enfoques conocidos como crítica freudiana, el arte se concibe como una especie de neurosis. El que se subscribe a estos acercamientos observa niveles profundos en los caracteres o personajes ficticios, a la vez que apuntala los símbolos que en ellos aparecen, como representantes de específicas y tratables necesidades sexuales que se reprimen y que no pueden expresarse directamente sino de manera artística e implícita a través del texto. De hecho, estas manifestaciones motivaron a psicoanalistas como Jacques Lacan, quien escudriñó los planteamientos lingüísticos de Fernando Saussure para elaborar un esquema que determina y analiza las inquietudes del subconsciente en el discurso literario.

Me permito ahondar más en el tema. Fíjese usted, doctor: siendo uno de los frutos visualmente más atractivos, este también pariente de la familia de los *cucurbitáceos*, siempre ha mantenido una personalidad muy definida. En su interior llama la atención la centrípeta distribución de sus semillas. Éstas tienen un aspecto embriónico de tenue coloración cristalina, como gotas de agua congeladas, carente del más remoto toque de agresividad, y que imagino como larvas aisladas sorprendidas en algún momento de durmiente incubación. Su pulpa, también de colores tenues y virginales, ofrece al mismo tiempo una textura viscosa, crujiente y particularmente resbalosa.

Como de seguro ha deducido por mi íntima interpelación, don Sigmundo, el pepino me causa, a pesar de su humilde naturaleza, un placer gastronómico indescriptible, comparable solamente al que experimento en aquellas contadas ocasiones en que disfruto comidas más costosas.

Mi relación con este cilíndrico componente de la comida actual, si se me permite utilizar un término contemporáneo, ha sido de amor-odio. Cada vez que tengo un encuentro culinario con este viejo militante de las comidas occidentales, no puedo disimular una marcada necesidad de reflexionar en la inherente dualidad de nuestras relaciones. La confrontación entre mi subjetividad y la subjetividad del pepino empieza precisamente cuando tengo que decidirme, como un Hamlet o un Segismundo, entre comerlo o no comerlo.

Ése es el problema que confronto al verlo como parte de los adornos que hacen de la ensalada un arreglo floral tan prometedor al paladar, al mezclarse con otros vecinos de variado fundamento nutritivo. De sólo sentirlo acomodado con tan llamativa compañía, se me hace la boca agua y empiezo a tener fantasías que van desde una rumiante sesión "a la roca", hasta un entusiasta festín, a menudo bautizado con algún tipo de influyente sabor de externa o sintética procedencia, como el de los acostumbrados aderezos franceses, italianos, de las mil islas y otros. Se me antoja un especial deleite cuando lo ingiero junto a otras verduras y follajes, como rábanos y tomates, zanahorias y remolachas, espárragos, lechuga y berro, más otros componentes de valor y rango similares. Así, con la ayuda del tenedor se muda a en sus consecutivos viajes a la primera fase de la importante carrera hacia el exterior. Al ser ingeridos, todos ellos, en conjunto, ejecutan ritmos de naturales crujidos y resbaladizas cadencias, mientras orquestan, con la imprescindible intervención de las enzimas salivales, una deliciosa sinfonía de variados sabores. Estos movimientos musicales son acústicamente reproducidos por el extraordinario mecanismo estereofónico de nuestro sistema auditivo, en el breve pero intenso paso por las cóncavas y góticas paredes bucales, reverberante catedral donde fervorosamente se reza, cuando hay quórum, por el logro común de una digestión cómoda y tranquila.

Como implica mi discurso, ilustre e influyente doctor, la conexión psicológica en mi concepción de este popular vegetal, está más bien fundada, no en las obvias proyecciones geométricas, sino en los discos ingeridos exclusivamente como cortes transversales.

III

Pero permítame explicarle con detalles, cómo me afecta la presencia del mencionado nutrimento. Después de deliberar profundamente por unos segundos, cedo a la tentación y disfruto la especial tesitura del pepino, como se disfrutan las cosas buenas que da la vida: un coñac añejo, un rico habano o un beso.

Pasarán, muy amenos por cierto, y como dicta el protocolo, unos momentos de intelectual sobremesa. Pero no tardará en llegar una paralizada e inquietante sensación de presencia en el vientre, henchido de emoción, cual preñez de dama que espera con resignado gesto. Bajo una digestión pesada y lenta, invadido por un intolerable sopor, me voy a la cama más temprano que de costumbre, me duermo, si así se puede decir, muy entrada la noche.

Fortuitamente me sueño sentado en el más incómodo de los blancos asientos. Si miro hacia el norte de mis desvaríos, del cono sur me sale con sádico movimiento, una infinita cadena. A veces, sin pedir permiso, me sodomiza, con sangre y dolor, un cuerpo extraño, el cual rechazo, desde luego, pero con inútil firmeza. Humillante y sofocante, la sensación me llega, desde el centro hasta el cuello. ¿Hablar y gritar? No puedo. ¿Respirar? Mucho menos. La sangre me sube a las sienes, me afecta la facultades internas, y una fuerza arrolladora se impulsa desde dentro en dirección a las pupilas, los lóbulos y las cejas. Siento, sin quererlo, un violento cilindrismo, un gigante e inquisidor tubérculo. Me tiro de la cama casi despierto, por fin me siento y mientras me alivio, cavilo con lo poco de consciencia que me queda. Al latón todos esos oníricos axiomas que leí de adolescente. Con ellos los complicados Edipos y Electras. Por más vestimenta de afectación clínica que se les quiera dar, los sueños no son más que el producto de un estado de preocupación con frecuencia amplificado por traumas anatómicos causados por la persistencia y testarudez de algunos alimentos, en su afán de llevarle la contraria y declararle huelga al organismo. Se empeñan en no cooperar con el natural transformador dispositivo que imponen las pepsinas que segrega la mucosa del píloro. Doblándome ante sus blancas y analíticas canas, ¡qué deleitosa sensación masticar las rodajas de transversal belleza de un fresco *cúcumis sátivus*!, eminente representante de la ciencia. ¡Qué doloroso sentimiento el del pobre fruto que no puede, aunque quisiera, como el árabe garbanzo, por ejemplo, hacerse amigo de mi digestivo sistema, y que me ha dado, como era de esperarse, una noche toledana de alka, magnesia, pepto, bi y carbonatado desvelo! Y en cuanto a su psico, anal e ítico diagnosis, doctor fraude, me importa un bledo.... un comino... o un pepino (con todo respeto). Camino al final de mi comparecencia, me permito sugerirle con reflexivo enfoque, de imperativo modo y con complementos directos e indirectos (protegiendo su inflamada y austríaca próstata, desde luego): empléelo donde mejor le plazca.

Alma Máter

I

Donde se alza el árbol del conocimiento, allí está siempre el paraíso: esto es lo que dicen las serpientes más viejas y las más jóvenes.

Friedrich Nietzsche

El cielo otoñal, usualmente gris, parecía precipitar la oscura puesta de un sol a la vez apático y endeble que desobedecía la natural rectitud del equinoccio vernal. Las instrucciones estaban claras: Calle 73, número 120, en pleno distrito histórico del alto Este de Manhattan, a menos de tres cuadras del Parque Central y a pocos pasos del Museo Whitney. Siguiendo un riguroso protocolo, el encuentro se había acordado para las cuatro de la tarde. Tanto Elena como Marina, la intérprete de Coatzacoalcos que habría de asegurar las transcripciones, acudieron puntuales a la cita.

Como era de esperarse, el apartamento de Alma conservaba el sofisticado toque vienés a que se había acostumbrado ella en la vieja casona de los Schindler. No faltaban originales de la Secesión, incluyendo el apasionado *Beso* de Klimt y *La novia del viento* de Kokoschka, complementados por muebles fabricados con caoba centenaria. Un lujo que no se permitía Elena, que, aunque legado de una clase acomodada que le permitió educarse en las mejores escuelas de Oaxaca, se regía por las limitaciones que imponía su calidad de periodista de media jornada en sus años de residencia en Nueva York. La moldeaban además aquellas convicciones ideológicas que exigían cierta austeridad en su condición de exiliada y revolucionaria. Marina, por su parte, se preocupaba más bien de rendir un buen trabajo. La guiaba una concentración casi obsesiva en escuchar cada una de las frases y en reproducir con literalidad los diálogos, consciente de las repercusiones de éstos en la posteridad.

Se hallaban sentadas en un acogedor salón de visitas. EL trasfondo obligado de la entrevista, por supuesto, era Gustav Mahler. Éste, como pudieron apreciar los que tuvieron la oportunidad de asistir a sus conciertos, se crecía en el podio. Sus gestos, su dominio dentro y fuera del pentagrama, desde los imperceptibles *pianísimos* hasta los tormentosos estruendos del bombo sinfónico, infundían una doble dosis, de carisma y respeto. Fue el primero y el último de una serie de genios en el terreno de la música.

*****

La pregunta inicial se deslizó entre los discretos murmullos de la cucharita de plata sumergida en las tazas de té.

—Se dice que su primer esposo mantenía en su vida privada una imagen muy distinta a la que proyectaba en público –tradujo Marina en firme y casi exacto alemán austríaco.

—Sus conciertos siempre garantizaban un espectáculo con una muy peculiar coreografía de conjunto. Aun sin que uno lo quisiera, se imponía como gigante que emanaba energía con hechizo. Su ser y su música alcanzaban límites insospechados de complejidad. Más allá de esos confines... más allá... le esperaba yo, sonriente. En la intimidad...

La entrevistada se detuvo con una especie de suspiro nostálgico mezclado con enojo.

—En la intimidad... —insistió Elena en la voz de Marina.

—En la intimidad era otra cosa: un niño inseguro al que se le perdonaban sus travesuras porque la naturaleza le había cedido el don de la composición. "Sin embargo, te las arreglaste para provocar aquel primer encuentro con él, a sabiendas de que casi te duplicaba la edad y que había logrado una exitosa carrera. Los genios son genios por sus dotes. La capacidad para crear no les garantiza una vida balanceada. Muchas veces son incapaces de manejar un destornillador, de controlar la insaciabilidad de una esposa... o de una manceba", parecía refutarle Marina con voz interior.

—Independientemente de reconocer sus respectivas dotes creativas, es casi imposible concebir a Mahler sin Alma Schindler. Por otro lado, algunas opiniones apuntan hacia una factible manipulación de los manuscritos de su primer esposo y una posible nube alrededor de la autoría de las escasas composiciones atribuidas a su esposa. ¿Qué hay de cierto en esto?

—Sospecho que esas "opiniones", como usted dice, sugieren que los *lieds* que yo he publicado son en realidad de Mahler. Toda Viena sabe que yo también componía. Cuando nos conocimos ya había acumulado muchos años de estudio, a pesar de mi juventud. En mi caso, los deberes de esposa incluían mi preparación y pericia en la delicada labor de las transcripciones... pero lo uno nada tiene que ver con lo otro.

—Infiero que usted, entonces... es responsable de la reproducción de muchos de los pasajes del señor Mahler –agregó Elena con actitud seria.

—Reproducción sí, apropiación no –contestó–. Ya he documentado en mis diarios que fui alumna de Josef Labor y Alexander von Zemlinsky. "Pero es que el enfoque de tus diarios cambió... o al menos... se transformó al convertirse éstos en libros ávidos de fama y dinero. Lo mismo sucedió con tus supuestas composiciones y subsecuentes declaraciones a la prensa: tú siempre dispuesta a modificar aserciones que por lo general favorecían a Alma, el mito".

—Sí, los registros abundan en su talento y habilidad musical –agregó Elena–. Su nombre aparece en el inventario de compositoras austriacas; compuso un buen número de canciones para voz y piano. Sin embargo, sobresale ante todo su condición de musa y compañera de grandes artistas.

—Más que musa –se adelantó a corregir — he sido un catalizador. Yo crecí en medio de una Viena llena de sucesos estéticos; soy el resultado de una mentalidad, una inquietud de fin de siglo transmitida y cultivada en mi familia. Mi padre, Emil, era pintor; mi madre, cantante. Mi educación, orientada hacia la cultura de la época no me ofrecía otra alternativa.

—Mas el rumbo en lo social apuntaba hacia el Señor Mahler: su vida se ha definido sobre la base de ese apellido. El dato no parece haber sido casual. De hecho, se afirma que el Maestro hizo alusión a la persistencia de usted en asistir a los conciertos; incluso alguna vez sostuvo que sentía la presencia suya en la audiencia, aun en las salas más oscuras y espaciosas. Lo hacía, además, insistentemente.

—En realidad, si bien aquel ambiente de cultura exquisita me permitió conocer y relacionarme con Mahler, puedo asegurarle que el encanto fue mutuo... aunque admito que aún me recuperaba de una relación con uno de mis maestros de música, quien, como sabe, también enseñó a Schoenberg.

—De acuerdo… pero, ¿qué la impulsó a precipitar ese encuentro con él?

—Yo… buscaba un apoyo a mis aspiraciones… Mahler necesitaba una especie de madre que endorsara sus deseos duales de conductor y creador. Estaba, además, solo y aburrido. Había ejercido su poder por tanto tiempo, que su aislamiento se había convertido en soledad. "Pero en él procuraste el refugio de un amante y representaste el acto una y otra vez, siempre a la caza de individuos de gran talla. Si hay reincidencia ya no es una casualidad", continuó dialogando interiormente Marina. Elena escuchó pacientemente la traducción, miró de reojo sus notas y continuó con las preguntas.

—Como sabemos, represento a una revista de afiliación sufragista. Algunos colaboradores afirman que usted es una de las mujeres más independientes y exitosas de la Europa de la primera mitad del siglo. ¿Qué reacción le provoca esta aseveración?

—El feminismo es un término muy relativo, señorita Arismendi –respondió exhibiendo su acostumbrada sonrisa de foto antigua –. Comprenderá que se presta a ser una especie de sombrilla. Allí se cobijan facciones de un mismo tema, tanto en oposición como en padrinazgo o… madrinazgo, si se quiere.

Elena y Marina se miraron. La pregunta en secuela se suspendió en el aire ya cargado, como esperando que Alma elaborara más su comentario.

II

La soledad es la suerte de todos los espíritus excelentes.
Arthur Schopenhauer

—Tomando en cuenta que toda mi vida he actuado con un marcado sentido de igualdad –continuó la interpelada –entonces, sin perder las distancias, claro… yo también soy feminista. Por lo general he tratado a los hombres como a ellos les gusta tratar a la mujer. Me parece que darles su propia medicina es el más democrático de los tratos. Soy y seré una mujer libre. Les toca a los demás tantear el alcance del adjetivo.

—Alma Mahler-Werfel-Gropius pronto se convirtió en un mito, siempre encajada en la fama, el poder, los amantes. ¿Ha contribuido su propia intencionalidad a la, digamos, manutención de esa leyenda?

—No voy a desmentir ni a confirmar la existencia de eso que usted llama mito o leyenda. En última instancia, la prensa y los que la leen son los que se encargan de alabar o infamar; yo sólo sé que soy… lo que soy. Admito que esos individuos han sido figuras renombradas, verdaderos hombres de acción, no en el sentido tradicional, sino en cuanto a su influjo en la sociedad.

—Hombres con porte y aporte, deducimos… pero… ¿qué daba usted a cambio? ¿Cómo justifica el hecho de que todos tenían algo en común sin ser comunes?

—Muchos fueron muy generosos conmigo… no es un secreto. Sin embargo, siempre existió el intercambio. Coincido con Gina Kaus, mi compatriota… Decía que los hombres de acción son pródigos con sus amantes porque sólo disponen de muy poco rato con ellas, y no tienen tiempo de sufrir: lo necesitan todo para ser felices. "Pero es que no te limitaste a relacionarte con hombres casados de tu edad. ¿Pretendes olvidar, por ejemplo, las sesiones vespertinas en el *Weiner Konzerthaus*? Disfrutabas tanto de la compañía de aquel novicio de veintitrés años o la musculatura del encargado de la ventilación, que las miradas viajaban en los pasillos del edificio, justo bajo la nariz del Maestro. A veces el impulso era tan intenso que casi te descubrían. Quizás eso buscabas. Muy pronto inventaste la posibilidad de trabajar de voluntaria aquellos sábados de ensayo o tener acceso a los escondites del edificio, sólo para exponerte más al arrebato del peligro."

— ¿Es ese criterio parte de la filosofía de Alma Mahler?

—Digamos que por el momento comparto la opinión. El amante no es más que un ser hambriento en busca de ración, de alivio. "En este caso la necesitada has sido tú, a juzgar por el patrón que obviamente creaste, mucho antes de asociarte íntimamente con el señor Mahler, como lo demuestra el número repetido de incidencias."

— Concluimos, entonces, y de acuerdo con las aseveraciones de varios, que el papel de amante ha ocupado un lugar muy especial en su trayectoria, —agregó Elena, sin dejar de mirar a Marina, desplegando un tenue gesto de aprobación y complicidad.

—En realidad, usted sabe tanto de eso como yo, si deduzco que la bella Adriana del señor Vasconcelos y usted son las mismas personas –agregó en tono sesgo pero agresivo. "En efecto, pero en el caso de Mahler, prácticamente lo llevaste a la muerte. Elena fraternizó con la esposa de Vasconcelos, representó lo mejor de la Revolución, fundó la Cruz Blanca Neutral, se involucró en la Liga de Mujeres de la Raza y, como yo, sacrificó el amor por un hombre que, en realidad, no le pertenecía. Este sacrificio poco usual lo hizo por respeto a la víctima y por solidaridad con sus propios principios. Claro que, como yo, cometió errores de circunstancia, errores que pagamos muy caro. Elena se refugió en el Norte, yo regresé a mi primera locura, arrastrada por aquellos olores de armadura de dios blanco y excremento de bacterias europeas. En cambio, tú pasaste de una pasión a otra, como las ruedas de un carro sobre adoquines."

Elena había dirigido la frase sin aparente inmutación y continuó el interrogatorio, siguiendo el orden establecido en la agenda de su libreta de apuntes.

—Entendemos que el Sr. Mahler cayó en una inmensurable depresión cuando se enteró de sus relaciones íntimas con el que luego sería su segundo esposo, Walter Gropius.

—Su propia debilidad le permitió sumirse en un período de profunda reflexión, hecho que en realidad era ya una costumbre. Periódicamente su espíritu creativo lo empujaba a alejarse de sus contornos, sólo que esta vez fue un lapso un poco más prolongado. Recuerdo haber recibido, ya como viuda, la factura de sus terapias con Freud, quien contribuyó a que Gustav alguna vez tuviera una imagen negativa de su propia esposa. Nunca se lo perdoné. "Me parece normal. Llevabas y todavía llevas su apellido, aunque tus intimidades las compartías con otros de modo habitual, un número que tal vez incluiría al mismo Freud".

De nuevo las miradas de las invitadas se cruzaron, en natural compenetración y holgura.

—Tengo entendido que cronológicamente los últimos trabajos del señor Mahler conforman ese periodo de doble pasión. Por azar quizás, son éstos los que más se alejan del romanticismo rezagado que en cierta medida ahora define la idiosincrasia austriaca. Me permito insinuarle que esa orientación en las composiciones se debió a su estado emocional en ese momento en particular.

—El estado emocional, mi querida Elena, es inherente a casi todo artista: puede que tenga altas y bajas, como la amplitud de un instrumento de música. Sus *Lieder eines fahrenden Gesellen,* escritas antes de los noventa, llenas de una sensualidad y afectividad exquisitas, ya eran altamente conocidas mucho antes de casarnos. Puede encontrar en ellas las más sublimes y dolorosas de sus canciones. "Muy cierto: la sublimidad y el dolor es lo que más abunda en las últimas obras del Maestro. Yo diría que si en algo pecó sería la duración de las sinfonías. Los movimientos, particularmente en sus dos últimas, son muy prolongados. Esta sería una de las razones por las que sus grandes trabajos tardaron tanto en ser reconocidos por la crítica. El esfuerzo de grandes conductores que surgieron ya muy entrado el siglo XX, re-vindicaron las sinfonías. En muchos sentidos sus contemporáneos, usted incluida, no comprendieron el alcance de aquella genialidad y sentido de síntesis. Para una intuición como la del señor Mahler, lo menos que se espera de su esposa es la paciencia y comprensión que demanda el calibre de su obra. El tiempo ha demostrado que el Maestro no pudo contar con ellas."

—Y... aquellas canciones tan llenas de apasionada conmoción... ¿nada tienen que ver con Alma Mahler?

—En lo absoluto. Puedo asegurarle que no fui la primera: el padecimiento por la pérdida de Johana Ritcher, la soprano en Kassel, todavía lo roía cuando nos conocimos. ¡El desamor es a veces la mejor de las inspiraciones! ¿No le parece? De todas maneras, tras perdonarme, Gustav y yo nos compenetramos como nunca antes... hasta el día de su muerte. "Una reconciliación suscitada por el estado de virtud del Sr. Mahler en sus últimos años, diríamos nosotras. Ciertamente se había arrepentido de pedirte que abandonaras tus composiciones para que te dedicaras a él, hecho que fue tergiversado y explotado por las editoriales con tu ayuda e influencia... y por supuesto... te perdonó. Quizás lo hizo por tener en su naturaleza el gen de la generosidad o la compasión y no lo que arguyes en algunas de tus páginas. A muchos de los que te han leído no les convence tu versión. Ahí está la terrible infección que afectó el corazón del cónyuge, la aparición de la carta de Gropius, las temporadas en esta ciudad impasible y decadente, la presión de sus giras, la muerte de tu niña María Ana, que obviamente no dejó huellas en la madre. En resumen... todo esto pasó desapercibido o pretendiste no saberlo. Sin embargo, para el resto de los humanos no es difícil sentir la intensidad de aquella sucesión de caídas que retrata fielmente el Adagio de *Das Lied von der Erde*, talvez su más dramática sinfonía".

En efecto, amedrentado por una aparente superstición, no quiso llamarla *Novena*. Quizá agobiado en su soledad de creador, volcó en ella aquel impotente desgarro existencial ante la inminencia de la muerte y el avasallador sentimiento de abandono. Acaso sintió desfilar, por su frente excelsa, la lista interminable que la viuda instituyó: Klimt, Zemlinsky, Gropius, Burchkard, Schiele, Kammerer, Kokoschka, Werfel, Gottlieb, Schwarze Fledermaus, Derr Barrieren, Die Maus, Derr X, Derr T... Fuentes leales confirman el eclipse intencional que impuso la señora: muchos de los nombres y seudónimos se extraviaron o fueron borrados del inventario. A pesar de un aparente echar de menos, en lo más hondo de su ser, Alma se alegró de que Mahler se marchara. De hecho, ya en los últimos días y sin percatarse del daño que causaban sus apáticas sentencias en la extrema sensibilidad del hombre, Alma sorpresivamente le insinuó que el pasado debía dejarse atrás. El mensaje frío y cruel se le impuso como si las décadas de compañía y protección que recibió del director sinfónico no hubiesen significado nada para ella. Como saldo de su prostitución de alta esfera, escondida tras una aparente sofisticación, se sabe que el legado póstumo resultó ser más jugoso que la presencia misma del Maestro.

Cansado de esperar por la invención del antibiótico y rendido por la grandeza de su condición de elegido o el peso de su propia ambigüedad, Mahler sucumbió a las circunstancias. El peso era demasiado para aquel débil corazón. Contribuyó al deterioro el desahucio por vejez por parte de Alma. Su última palabra, en linde de catatonía, como informó el médico de cabecera, sería "Mozart", un reflejo desesperado de asirse a otra realidad que sí lo comprendería. Por su parte, Marina, a pocos años de su cópula con el Malinche y la concepción de Martín, podrida entre plumas de *coatl* y raíces de *nohpalli*, no alcanzó a cumplir los treinta. Sufrió violentos ataques *post mortem*, la mayoría de ellos inmerecidos. Olvidada entre costras de palimpsestos que mudan de color con los siglos, sus descendientes aún desechan toda posibilidad de reconciliación. En cuanto a Elena, nunca pudo repetir los escasos seis años de amor prohibido que le otorgó don José ni superar su complejo de Yerma. Con la ayuda de unos amigos, logró publicar, en aquella ciudad de cúpula sombría, y para un número de lectores muy reducido, su <u>Vida incompleta</u>: <u>ligeros apuntes sobre mujeres en la vida real</u>. Activa hasta la calvicie, la viuda los sobrevivió a todos. Y con razón: se valía de su ansia desmedida, cabal incapacidad de compasión y maniqueísmo sin límites. La caracterizaban además su oculto rencor y la gracia de mentir.

*****

La velada continuó con exquisitas porciones de postre francés y *masala chai*. La noche por fin se hizo noche y poco a poco la tertulia se convirtió en cambalache. La victrola reproducía, sin que ya nadie lo escuchase, el triste *Adagietto* de la *Quinta Sinfonía*, evocando un Mahler distante y eternamente sosegado.

En definitiva las ideas que se discutieron en aquella lóbrega tarde no pasaron de ser más que un proyecto: del encuentro apenas quedó un bloque de hojas con apuntes. Alma, quizás contra su propia voluntad, se quedó en el prontuario de relatos que nunca fraguaron.

De terra Brasilis

I

Tristeza não tem fim felicidade, sim.
Vinicius de Moraes-Antonio Carlos Jobin

Porque hay veces en que ya no hay ganas, se deja de tocar las estrellas, nadie se hace eco de tus liviandades. Por el contrario, se reproducen los críticos, aquellos cuya mayor preocupación es encontrar defectos. Se hunde uno en las nubes, se eleva en los ríos, sin saber qué hacer: si estrenar un pasado o tragarse un cilicio, convertirse en molusco y acomodarse en sus propias consecuencias acompañado de enjutos suspiros.

Recuerdo las ocasiones en que veía sin mirar, me sentaba estático, en silencio, sin ocurrírseme un sema o una idea siquiera. Mi lira no exprimía sino gotas discordantes. Se devuelven, por asociación, las imágenes de otras ciudades, mis caminatas por avenidas calurosas y solitarias que se movían hacia atrás con desgano, mientras la tierra me empujaba, me machacaba las plantas de los pies, o me los apretujaba, como combatiendo las toneladas que las suelas de mis zapatos depositaban con paso de gigante aburrido.

No se olvidan los acerbos comentarios de sobremesa, ya cotidianos…tampoco los soles opacos de Seattle, la nieve-lodo de Nueva York…la impuesta planicie de Miami y en ella el paso de conductores y pasajeros que en cada luz roja con negros anulares extraen una polvoreada solidez de las narices… el carro en su circular instinto siguiendo su memorizada rutina, desde y hacia, planchando perros calientes y gatos ahumados que se fríen en el asfalto. ¿Cuántas veces no me tragué un deseo, o me asfixió una frase? ¡Cuántas veces no amanecí con un obituario en la frente, o me asaltaron en una inesperada esquina, las "trovas fascinantes" de Donato Poveda, Noel Nicola, Alberto Tosca, Liuba María Hebia, Santiago Feliú, Carlos Varela! Símiles vigentes dentro y fuera de la isla. Estrofas que tocan salidas, evocan inasibles puertas y ventanas. No aluden precisamente a deudas o contratos, pero sí hablan en términos ridículamente primarios, con recursos sur-realísticamente primitivos. ¿Quién dijo que faltan acosos?

Pero de pronto algo me golpea. Se me abre el verso y siento que un poema es, en la pre-génesis, una inquietud, un escozor. Es algo que corre o navega por un extraño océano, cuyas corrientes no son más que metáforas en reverso, morfemas invertidos que esperan un recodo, un giro o un cobijo. ¿Se puede llamar flujo poético? Reinicio entonces la búsqueda del sabio. Aquella que empecé a temprana edad y que perdí o no me importó en la pubertad. Sé que incesantemente he de reciprocar lo que recibo, que no es poco.

Me sobreviene entonces un chaleco de mimesis, me regodeo en otros poetas, creo creerme uno del grupo y me entra una sensación de no regreso. Como un Pierrot, se me antoja a la vez estar plácida y angustiosamente incursionando al otro lado de la realidad. Me veo empapado por una intensa lluvia de estímulos, hirviéndome en un extraño conocimiento de percepciones que me urge transmitir "no pido nada a cambio. Me conformo con lo mínimo. Me conforta la libertad escondida tras las cosas." Se manifiesta, sin esfuerzo, una eliminación de trabas, un desanclar de almas, un alud de quisquillosas moléculas. Veo las cosas de detrás, de dentro, de acá. Lo que parecía remoto se acerca, lo lejano se aleja. La transmutación es ya inevitable. Y así me da por recordar la pesadilla del hotel, en donde yo era el vestíbulo por el que pasaban despiadadas las gentes. No falta la del "piso 18" que, de acuerdo con el conserje, nunca existió. Ni la del que era yo el vacuno dueño del ojo de Buñuel. Se impone también la del ascensor, donde varado, me convertí en celda sartriana, mi cerebro cansado ya de tantos intentos de escape. Noto que en raros casos los sueños son menos reales que la cotidianidad. Y me empiezan a nacer preguntas locas en la médula, en la cutícula y en los poros ahora abiertos: ¿por qué la atracción de lo prohibido, que como cola de escorpión, simultáneamente te llama y te amedrenta? ¿Por qué se puede decir "mi vida" y no "mi muerte"?

En fin, ¿qué más puedo hacer? ¿Enfrascarme en un texto erótico, aquel que, según Cabrera Infante, se lee con una sola mano? No; el producto tendría que estar exento de nimiedades existenciales, tendría que cumplir una función de mayor trascendencia: "En mi sucesivo despertar, renuevo y pulo mi voz, mi canto y mi sentimiento. Acepto los medios disponibles en mi tarea". ¡A celebrar las pequeñeces, a desmitificar las grandezas, a cotizar! ¡A iniciar un choteo de presentes, pretéritos perfectos e imperfectos, de singulares plurales, de esdrújulos monosílabos que sonaron bien y caen simpáticos!

Lejos, frente a la cáscara de las cosas, más acá de su dermis engañadora, quedaban la rigidez de la gramática, los maestros que odian la prosa, los colegas que no me creen poeta, y los amigos enemigos de mis preferencias sintácticas. Allá quedaba una mujer que, llena de celos horizontales, me acusa de miope, ladrón de cronos semánticos y creador de etimológicas infidelidades. Se empecinan en buscar al yo que escondo o se esconde. Cuestionan obsequios de albergue y pociones de alimento a mis personajes, resienten el cohabitar con mi afición. No importa. Reales o irreales, a cada uno escuché. De todos aprendí.

II

Ah! Esse Brasil lindo e trigueiro é o meo Brasil brasileiro
terra de samba e pandeiro.
Ary Barroso

Contaba Bertita Harding que al morir, el rey Sebastián no dejó herederos y la corona pasó a manos de Felipe, pariente muy lejano del venerado monarca portugués. La entrada de Napoleón a España, en ese momento aliada a Portugal, que muy pronto también caería bajo las botas francesas, precipitó la huida a Brasil del regente Don João, último en una larga línea de accidentada sucesión. En 1808, el improvisado monarca, viva representación de la debilidad en cuerpo y espíritu, regía, en teoría y en contra de su voluntad, los destinos de Lusitania y sus posesiones. Con la muerte del padre y el enloquecimiento de la reina madre, João heredaba el trono por proceso de eliminación, más que por liderazgo. Fueron su marca de fábrica la cobardía, la falta de madurez y escasez de escrúpulos, además de una terrible adicción al pollo frito.

Carlota Joaquina fue "prometida en matrimonio al heredero del trono de Portugal" cuando apenas tenía diez años. Desde pequeña dio muestras de inteligencia, buena memoria y erudición, aunque esto último poco le sirvió en su madurez. Mientras João era "tedioso, obeso y reprimido", Carlota Joaquina era "precoz, maliciosa y llena de vida". Como era de esperarse, la arreglada unión del débil regente con la infanta española fue un fracaso aun antes de consumarse.

El hecho de llevar el apellido real no la excluía del resto de la población, que se veía obligada, entre otras cosas, a exhibir dentaduras de cedro centenario. Lo dictaban los últimos gritos de la moda inglesa que percutían aún en los más insignificantes miembros de la corte lusitana. Era además el mejor remedio para el deterioro de las piezas bucales provocado por el excesivo disfrute de las golosinas traídas de España y la tradicional falta de higiene. Las manchas carmelita obscuro se mostraban indiscretamente bajo la tímida luz de los candelabros, en especial cuando Carlota dejaba escuchar su burlona risa o dejaba escapar las más gráficas malas palabras que existen en la rica lengua de Cervantes. Vistos en el microscopio, los bichos parecerían extrañas criaturas. De apariencia inocente y hasta cordial, se les vería en su constante fajina: roer y roer hasta la saciedad, como mandaban sus genes. Sus diminutos desperdicios se adherirían al tejido sano con el contacto con la saliva y estimularían el cultivo del moho anaerobio y las algas, tan propensas a reproducirse en la humedad.

Esta era la Carlota que arribó a principios del siglo XIX a la *Bahia de Todos os Santos*. Traía un solo vestido, apenas un juego de ropa interior, enaguas y un par de zapatos. El vestuario real, con la precipitación de la paranoica héjira se quedó encerrado en cientos de baúles apilonados por los muelles de la abandonada y oscura Lisboa. Le acompañaban el endeble rey con su madre María, a quien apodaban "la loca", los seis hijos del regente, mil quinientos miembros del decadente séquito portugués con sus respectivos familiares y los esclavos que cupieron en las pequeñas e incómodas embarcaciones. Los transportaba una quebradiza flota de 36 carabelas con una tripulación castigada por la falta de sanidad y mala alimentación. Cuentan que en cada una de las naves se proclamó una impresionante plaga de piojos, que indistintamente se alojaron en los cabellos de todos a bordo, incluyendo al futuro rey y el resto de la descendencia real. La futura reina "nunca le perdonó a Brasil" y lo que éste representaba, el haber tenido que llegar a las costas bahianas con la cabeza afeitada. Acostumbrada "al lujo y la sofisticación" de las cortes de Europa, se vio permanentemente afectada por las condiciones primitivas del territorio americano.

Los viejos mapas muestran la ciudad donde desembarcara Carlota, asentada en un promontorio. A un lado se impone el Atlántico, con su conmixto de profundidades, pigmentos y promesas de largas distancias. Al otro lado, la legendaria bahía, exuberante boca salpicada de docenas de islas, contentas todas, hasta las más pequeñitas, en su simultánea condición de esclavas y libres, guardadas siempre por *Itaparica*, la celosa y orgullosa hermana mayor.

Capital de la colonia por más de dos centurias, Salvador, más que ningún otro puerto, era punto de partida o destino de deseos y esperanzas. Los portugueses trajeron allí y al resto del territorio, además del idioma y el gusto por la carne y el ganado que la suple, varios rasgos que contribuyeron a la formación de la brasilidad, incluyendo, entre otras cosas, una desmedida pasión por lo suave y dulce que se deja sentir no sólo en las comidas, sino en la evidente promiscuidad del comportamiento criollo. "Miraban con desdén el trabajo manual, idealizaban a la mujer morisca, de piel oscura, largos cabellos, misteriosa y superlativamente erótica", cuentan los libros de historia al describir a los portugueses. De ahí que el criollo heredara de los moros una peculiar tolerancia de las creencias africanas traídas a la fuerza y grabadas en la mentalidad de los esclavos tras siglos de recontadas tradiciones. El suyo era un catolicismo acomodado que permitió la convivencia de dioses de otras cosmogonías, preservados en el *candonblé*, religión compartida en sociedades secretas y no tan secretas en Cocodrilo Verde, una de las islas del gran archipiélago antillano. A diferencia de la cristiandad inglesa o francesa, cuya rigidez los mantenía alejados de los nativos, los portugueses se integraron en lo que hoy conocemos como Brasil. La influencia mora había inculcado en la psique peninsular además, "aspectos decididamente orientales", como el exhibicionismo, la poligamia, el patriarcado, más la reclusión doméstica de la mujer y su dedicación a elaborar exóticos postres para el deleite del patrón. Salen aderezados con ingredientes de particular variedad, entre los que resalta la clara de huevos: *ombligo de ángel*, los *pezones de Venus,* la *baba de la virgen* y los *beijinhos*, siempre presentes en el rito de las comidas.

Las indígenas, que como las moriscas disfrutaban bañarse desnudas en los ríos y se entregaban voluntariamente a las estrecheces sexuales de los colonizadores y aventureros, se convirtieron al principio en un sueño hecho realidad y agregaron a la dieta del colono, además de sus apetitosos jugos naturales, otros imprescindibles componentes de la mesa diaria: la mandioca, el boniato, las nueces y el cacao.

No mienten cuando dicen que los colonos trajeron consigo la riqueza de las leyendas sobre princesas moriscas y otros mitos que, como era de esperarse, cohabitaron en el nuevo folclore. Estos detalles de poca importancia para ojos legos marcan el "comienzo de la mezcla racial" que más tarde asumiría mayores dimensiones con las relaciones íntimas entre los colonos blancos y las esclavas africanas. Éstas, que literalmente se encargaban de las faenas de la cocina, a su vez introdujeron el óleo extraído de las fuertes palmas del oeste del continente negro, las bananas, los pimientos morrones, los frijoles y el azúcar prietos, diariamente fundidos en el calor sazonado de las ollas de barro. Responsables de la doble labor de cocinera y nana, de ellas provienen los sobrenombres de origen africano, íntimos y cariñosos, compartidos con niños y amantes por igual. Enjuagados con la lengua del amo en criolla confabulación, la entonación resulta al mismo tiempo melodiosa, triste y leda.

III

**Mas a gente gosta quando uma baiana Samba direitinho,
revira os olhinhos dizendo eu sou filha de Sao Salvador.**
Geraldo Pereira

Establecido ya en el Nuevo Mundo, con el paso de los años el cauteloso pero indeciso monarca se había convertido después de todo en un gobernante lleno de astucia y energía. Según atestiguan los documentos de la época, María la Loca, acosada por fantasmas que su propia mente había creado, por fin murió en 1816. El heredero al trono se proclamó entonces Rey de Portugal y Brasil con el título de João VI el Clemente. El otrora débil regente, asesorado por los interesados ingleses, abrió las puertas a la exportación, creó escuelas de medicina y bellas artes, un banco nacional brasilero y hasta acueductos para Salvador y Río, esta última, aunque convertida en capital del imperio desde 1763, no tenía todavía aspecto de ciudad cosmopolita. En términos generales, convertir al Brasil en la cabeza del imperio portugués en aquel momento histórico del primer cuarto del siglo XIX, era una excelente estrategia. El estado de cosas sugería que para administrar un poder mundial de aquella magnitud, el enorme dominio amazónico reunía las condiciones idóneas para mantener una amplia competencia o aventajar a los españoles. Se sabe ya que éstos últimos se vieron afectados no sólo por las ambiciones napoleónicas, sino por el sentimiento de independencia que había infectado sus colonias unido a la fragmentación de la conciencia nacionalista en la propia península. De todo esto se desprende que fue la huida del regente *don* João lo que precipitó los acontecimientos que permitieron la realización del gran proyecto que se llamó Brasil. Como medida práctica e inteligente, João enalteció en parte a aquellos sectores de la sociedad de la colonia que pudieron comprar títulos de nobleza.

Carlota, por su parte no tardó en mostrar su desencanto en tierras amazónicas. Dicen que en algún momento de su etapa preembriónica se canjearon en ella algunos mensajes genéticos. El trueque tendría repercusiones tardías. La infanta no alcanzó a tener la distintiva protuberancia submaxilar de Felipe. Sí heredó una inexplicable tendencia a producir una alta dosis de testosterona que en su adolescencia precipitó el crecimiento de un vello superfluo alrededor de los labios, y que hacía destacar aún más su borbónica nariz. La producción al principio insignificante de estas hormonas, trajo consigo, además de una multiplicación de la población capilar, un aumento de su espesor, acompañado de un voraz apetito sexual que fue creciendo en proporción desmesurada a medida que entraba en años.

"Sobre todo su cuerpo pareció haberse instalado una hirsuta anarquía", subraya Harding al hablar de Carlota. Cuando alcanzó los treinta, acostumbrada desde mucho antes a la pasión y las aventuras adúlteras, el cambio hormonal creó en ella un gusto carnal descomunal, sólo comparable al del regente por el pollo frito. Este trastorno le ganó la reputación de poseer la atlética agilidad de concebir hileras de orgasmos que con frecuencia duraban de 24 a 36 horas, condición poco usual aun entre las andaluzas, y que se convirtió en una responsabilidad que ni el propio rey, por más poderoso que fuere, podía compartir. Nadie en toda la monarquía portuguesa era capaz de satisfacer las especiales demandas de Carlota. Se necesitaba un individuo parte humano y parte divino para encargarse de tan ardua empresa.

Sólo un liberto de facciones agradables, alto, fornido y casado con la mulata más bonita que ojos humanos hubiesen visto reunía los atributos de lugar. Era descendiente directo de un cimarrón a quien en sus tiempos apodaban *Mangueiro*. Según los ancianos del área, éste apenas pasaba las pocas horas de sueño que le permitían en las pobladas barracas, sobre dos camas acomodadas en forma de "t', una para el cuerpo del esclavo y otra para los pies. Eran tan enormes que parecían tener vida independiente.

La naturaleza, con su planeada generosidad, le transfirió al mulato las más sobresalientes características de su bisabuelo y de los padres de éste, incluyendo, desde luego, el tinte de la piel. Ganó sin esfuerzo su reputación por la increíble resistencia que poseía de mantenerse en sus plantas por días y días, sin dar muestras del menor cansancio. Contribuyó también a su fama la extraordinaria capacidad para producir ejemplares que luego servirían de mano de obra en los sembradíos de caña que tanto abundaban en la zona noreste de la envidiada colonia. Sus ancestros, aseguran las malas y las buenas lenguas, fueron responsables de producir grandes cantidades de pegamento, suficientes como para encolar las enormes vigas de caoba que sostienen el techo de la *Igreja Nossa Senhora do Rosário dos Pretos*. Dicen que cuando se ordeñaba, su esperma tenía un poder adhesivo tanto o más fuerte que el del puré de papas que dio forma a las hoy importantes ruinas de Machu Picchu. Su preciado albumen, tan viscoso y eficaz, superaba en calidad al almidón de yuca que une las piedras del Morro de La Habana. Para nadie es un secreto que tras cinco siglos de embate de huracanes de cañón mercenario, los muros aún se yerguen majestuosos e imperturbables.

Con su acostumbrada voluntad y prepotencia, Carlota demandó conocerlo. La reina se quedó prendada de la belleza y dotes de tenacidad del negro y poco tardó en convencerlo de que fuera su amante.

Nada pudo frenar las escandalosas relaciones de la reina y el ex esclavo; ni siquiera el monarca, cuya frecuente palilalia y eyaculación precoz, junto a la fertilidad de Carlota, aseguraron la transmisión de la corona a herederos que, afortunadamente para los brasileros, adquirieron lo mejor de dos mundos. Habría que agregar que la tarea se dio en parte por la ambición del liberto, quien con el tiempo se convertiría en presidente del banco que hacía poco había fundado el rey.

El verdadero obstáculo lo constituyó la amorosa esposa del improvisado banquero. De acuerdo con los que la conocían, era fiel representación de la mulata brasilera que habían idealizado los colonos: delgada y casi menuda, de rasgos refinados, ojos oscuros, de mirada alerta y labios de fruición. La piel esculpía tonalidades que combinaban la blancura aceitunada de las lusitanas, el rojo cobrizo de las indias y el llamativo moreno de las esclavas. Le adornaba la cabeza una cabellera larga, de híbridas y fuertes ondulaciones, que desprendían matices de caoba endrina. Éstas se repetían en el hechizo de fauna y flora situado debajo del ombligo. Tenía pechos firmes, cintura ceñida y caderas capaces de producir un motín en el más silencioso de los conventos. Su espalda terminaba en cautivadores compromisos anatómicos que anulaban las nalgas casi tristes de las portuguesas, reducían la exagerada protuberancia africana y elevaban los endebles glúteos indígenas. El saldo de etnias la favorecía. Salió ganando Brasil.

Sin perder su integridad moral, la criolla hizo lo imposible para salvar su matrimonio, desde consultar a las deidades hasta enfrentarse a la reina misma.

Una mañana de enero un puñado de Hijas de *Oxalá* se disponía a cumplir con el rito de lavar las escalinatas del templo erecto en honor al gran Orixá. Así encontraron el cadáver de la bella mulata. Apareció tendida bajo inexplicables circunstancias, a pocos escalones de la *Igreja de Nosso Senhor de Bonfim*. Vestía de blanco virginal, como las otras del grupo, la tez aún tibia, como las corrientes bahianas del primer mes del año. Su hermosura la acentuaba la muerte. Parecía estar dormida. Muchos dicen que se sacrificó por devoción al moreno. Otros aseguran que fue el dolor de saber que una mujer de piel de lobo compartía el amor del célebre liberto. Fuentes dignas de crédito atestiguan que la decadente reina, viéndose envejecer mientras los vellos le crecían más y más con el rechazo del superdotado liberto, la mandó envenenar, aunque nunca se comprobó la veracidad de este y otros hechos de mayor o igual trascendencia.

Con el paso del tiempo, en las montañas y valles brasileros, ciudades y campos, familias y estados, se ha multiplicado de número de mulatas de habla dulce, suaves contornos y sugestivas consonantes. Abunda el *mestiço*, el *caboclo*, el *moreno* y el *cabosverde*, el *quase branco* o *quase preto*. Ya no hay monarquías ni emperadores. Ahora hay Villalobos y Nascimentos, *feijoada completa, filhos y filhas de Santo*. Hay escuelas de samba, reyes, jardineras y piratas que bailan en carrozas animadas.

En enero las vírgenes de blanco recuerdan a la bella muerta. Continúan los lavados de escalones en todos los *terreiros* de *candomblé* y *umbanda*. Los feligreses aumentan y heredan, se convierten o crecen, se renuevan. En ellos se impone con fuerza ancestral, como si de ella dependiera una raza entera, la eterna pregunta: ¿por qué se fue cuando más vida y belleza tenía? *Exú, Oxum. Iemanja* y el mismo *Oxalá* guardan silencio, como dicta el antiguo hábito de los dioses traídos del Dahomey, como talvez acaeció y ocurrirá en futuras muertes y pasiones.

IV

A Bahia tem um jeito, que nenhuma terra tem!
Dorival Caymmi

Encuentro a Jorge Amado caminando las empinadas aceras de *Cidade Alta*. Es el alcalde que conoce los sudores del puerto, los amores de sus balcones, las orgías febrerinas, las viejas casas de *Pelourinho* cromadas de comestibles: mantecado napolitano, almendra, menta, lima, leche de coco. Va deliberadamente desnudo de noticias, ávido de voces, eludiendo comités de fallidas éticas... a sus obligaciones. Se mueve como una esponja, con la majestuosidad del *Ova*, Gran Maestro de *candomblé*, protegido de los *Orixás*, cazando figuras, vaciando lunas, absorbiendo causalidades que luego se convertirán en descriptibles y sensuales fórmulas que funcionan: *Bahia de Todos os Santos*, *Dona Flor e Seus Dois Maridos*, *Gabriela, cravo e canela* y *Tieta do Agreste*. Como él, me aúno en entidades mágicas en busca de un tropo. Afortunadamente para él y para mí, no sólo abundaban, sino que se ofrecían, con la exclusividad de las orquídeas, como adivinando que tarde o temprano los usaría a mi antojo: yo beneficiándome con la regalía, ellos contentándose con la liberación.

La tarjeta postal que había recibido anunciaba ya otro inminente período, que es como decir un punto acorralado entre dos sentencias, rico en creatividad, largo silencio de cementerio, un aporte a mis frecuentes cuarentenas. Allí se respiraba el legado de expediciones lusitanas. Se engullían melodías sazonadas por siglos de especias. Se complacía una comunidad otrora europea y dominante, esclava o africana, republicana o monárquica, capitalina o provincial, ahora mestizamente *baiana*, donde la negritud es ideología y lo criollo canto.

Llamaba inmediatamente la atención un perenne bronceado de irresistibles olivos y bermejos que se repetía en instancias cada vez más hermosas: circonios y topacios fundidos. Parecía respirarse constantemente una declaración metafísica de sagrado hedonismo, de sutil perversidad: *Eu falo* o *Eu sinto, logo existo*. Los ingredientes estaban ante mí: una excitante tranquilidad, una melancolía en euforia, un éxtasis en calma, en fin, una *saudade* inefable y necesaria. ¡Cuánta lozanía! Las antinomias son mi postre. Al fondo, la voz de Dorival Caymmi inyectaba un cromatismo descendiente, que, sumergido en acordes menores, chapoteaba intimismos. La melodía endulzaba las ventanas como una cortina lograda en fino algodón playero, confabulándose con un sol en gestación que pronto bañaría las fachadas coloniales de una ciudad que canta y encanta. La brisa que se colaba y armonizaba con la música, como el simbiótico mar, me transmitía sus ondulados movimientos, con olas haraganas y espesas. Se toman su tiempo, coquetean, antes de acariciar los granos morenos que dibujan la playa. Emiten señales mezcladas con una meliflua brisa que me peina los vellos y almidona mis sábanas.

En mi retorno también me despierta, suave y paulatinamente, el susurro de las duchas mañaneras de los que se preparan para el diario quehacer. Me imagino entonces otros trajines, diferentes horarios y extraños ambientes laborales, bajas compensaciones. Quizás los mismos aseos diurnos y nocturnos. Pero me niego a concentrarme en detalles tan prosaicos. El concierto tenía un toque distintivo, no el de la ciudad en que resido, donde siempre acechan alambres y móviles, autopistas de información y malas noticias. Al contrario: palpo un diálogo de tradiciones, un continuo compra y venta de gestos relajados, pueblerinos si se quiere, pero cómodos, como un baile que no necesita ensayo. Vienen de otras habitaciones, amplificadas por las antiguas tuberías que alimentan el centenario edificio donde pernoctaba, como venas metálicas, cual pipas de órgano barroco portugués empatadas con flautas de bambú del Dahomey. Todavía en cama, me convido pensativo. Mejor o peor, pero ya todo me parecerá distinto. Pasó la sequedad. Quedó la sal respirable en el espontáneo coito de húmedos oxígenos e hidrógenos. Ya no seré el mismo. Ni lo querré ser.

La falda compartida de las montañas moría armoniosamente en los linderos de la mulata ciudad, con su peculiar redondez equilibrada y con olor a timbre de tambores que preñan con melaza el zumo del café recién liberado.

En Pelourinho las angostas calles huelen a batido de marañón, dulce de jengibre y quimbombó que resbala en aceite de *dendê*. Más abajo, como en milenios anteriores, la bahía, sonriente, se deja penetrar.

BIBLIOGRAFÍA CONSULTADA

Arizmendi, Elena *Vida incompleta: Ligeros apuntes sobre mujeres en la vida real*
 Imprenta M.D. Danon: Nueva York, 1927

Cano, Gabriela *Se llamaba Elena Arizmendi*
 Tusquets: México, 2010

Esquivel, Laura Malinche
 Atria Books: New York, 2006

Franklyn, Peter *The life of Mahler*
 Cambridge, New York: Cambridge University Press, 1997.

Mahler-Werfel, Alma *Mi vida amorosa. Traducción de Oswald Bayer*
 Editorial Sudamericana: Buenos Aires, 1962

Messinger Cypess, Sandra *La Malinche in Mexican literature: from history to myth*
 University of Texas Press: Austin, 1991

Montero, Rosa *Pasiones: amores y desamores que han cambiado la historia*
 Aguilar: Madrid, 1999

Printed in the United States
By Bookmasters